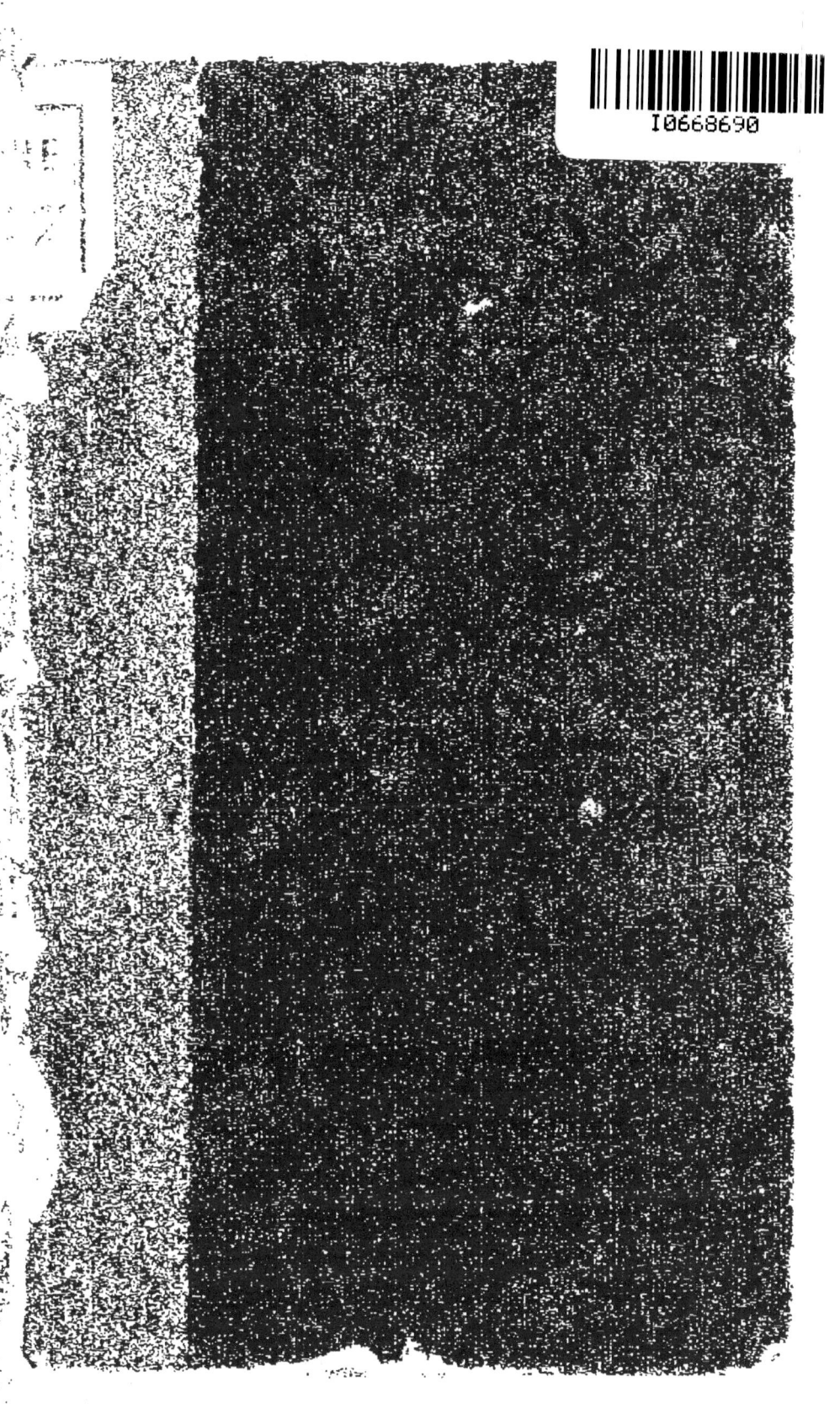

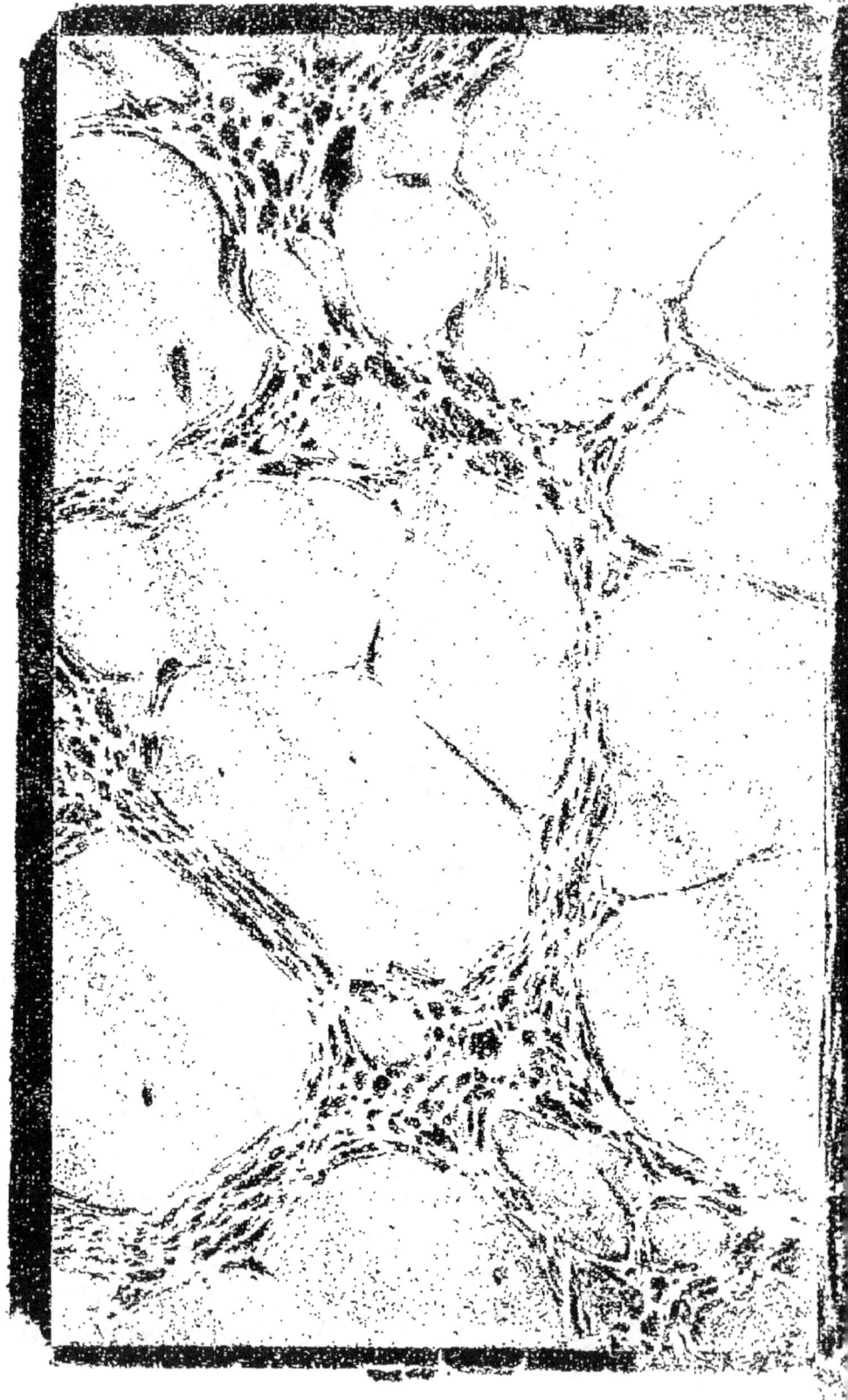

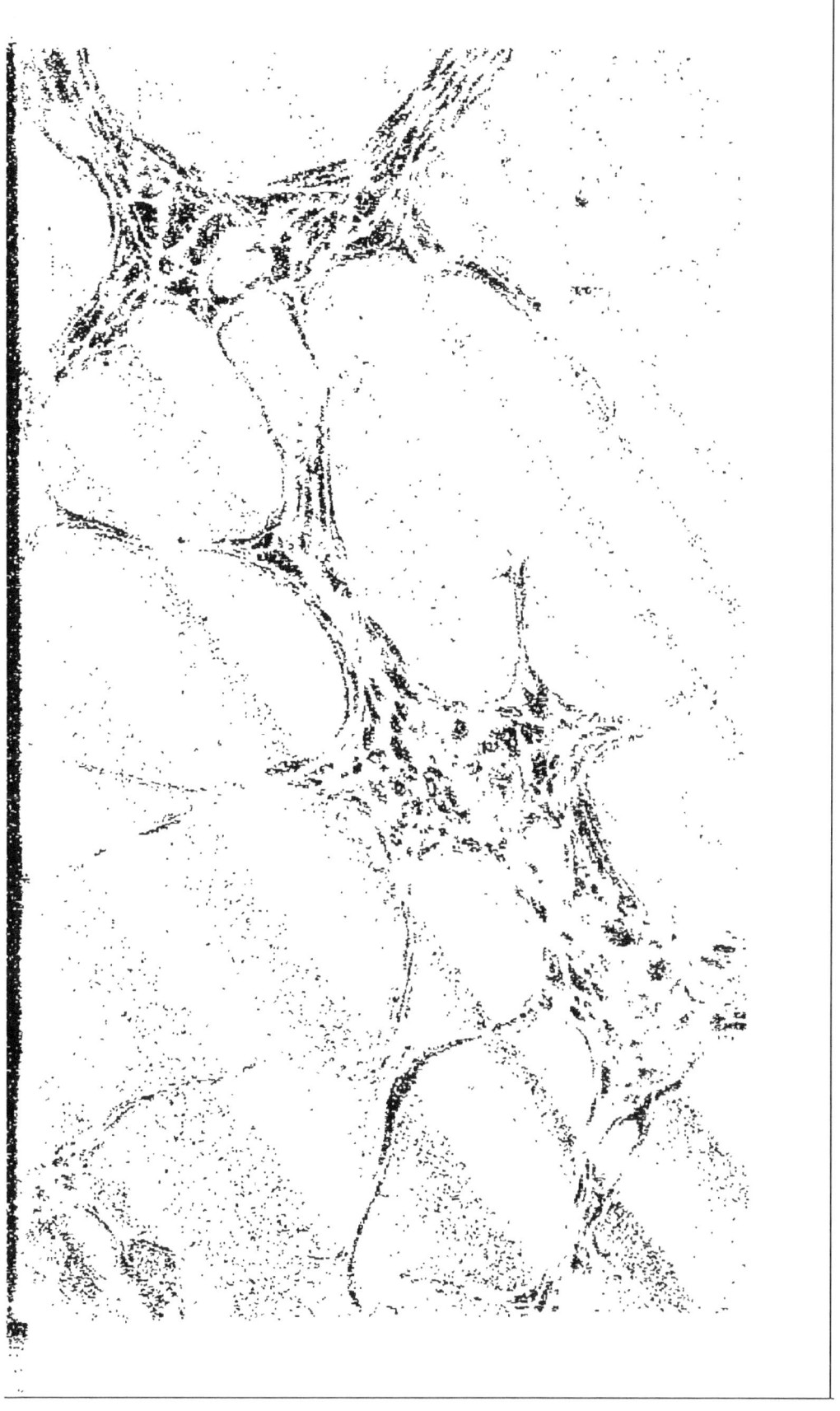

R

1077!

# Théorie

# DE L'ÉLÉGANCE

IMPRIMERIE DE BOULÉ ET Cᵉ, A PARIS.

# THÉORIE

# DE L'ÉLÉGANCE

PAR

## EUGÈNE CHAPUS.

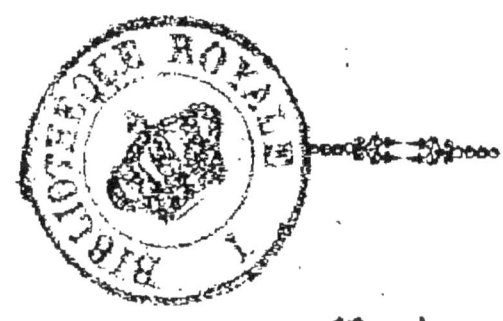

Paris,

COMPTOIR DES IMPRIMEURS-UNIS,
15, quai Malaquais.

1844

# CHAPITRE I.

Les hommes ne sont pas égaux,
les femmes sont encore moins éga-
les. Si les hommes étaient égaux,
ils seraient également bons à tout :
si les femmes étaient toutes éga-
les, elles auraient toutes le sou-
rire d'Elssler, le pied de Taglioni,
la voix de mademoiselle Mars, les

épaules de la Grisi ; elles sont loin d'offrir cette uniformité phalanstérienne.

Cela n'étant pas, nous croyons qu'il y a des femmes faites pour aller au marché, d'autres pour aller aux champs, d'autres pour n'aller nulle part.

Ce qui console de cette irrégularité, si on a besoin d'en être consolé, c'est de voir souvent, très souvent, celle qui était née pour être grande dame par sa beauté, ses grâces charmantes, son esprit naturel, coudre ou ravauder ; tandis que celle qui va à la cour, trainée par quatre chevaux, aurait divinement été à sa place auprès d'un établi.

De même qu'on naît jolie femme, on naît élégante; mais sans beauté de corps ou de visage, l'élégance est de la métaphysique transcendante.

Cependant une femme élégante peut plutôt se passer d'être belle, qu'une femme belle, pour l'être complétement, peut se passer d'élégance.

Dire qu'il est des beautés naturelles en Italie, en Espagne, dans le Nouveau-Monde, à qui l'élé-

gance n'a jamais été connue, c'est
tout simplement mentir ou se
tromper sur la définition du mot
*élégance*.

La femme qui revient du fleuve
avec les deux mains sur les han-
ches, une cruche de grès sur la
tête, une fleur à la bouche, a une
élégance dont on n'imiterait ni le
charme ni l'originalité.

Ceci mène droit à dire qu'il y a
plusieurs genres d'élégance; mais
tous pourtant issus de la même famille.

Si l'élégance anglaise n'est pas
l'élégance française, si l'une et

l'autre ne sont pas l'élégance espagnole, les différences appartiennent aux manières; et c'est dans
les manières que réside l'élégance,
comme c'est l'exposition, l'angle
du soleil qui font le bon fruit, quoique le bon et le mauvais soient
tous deux de la même forme et appelés du même nom.

L'élégance est donc dans les manières : dans la manière de lancer
un javelot si l'on est de Lacédé-
mone, de fumer une cigarite si on
est de Buénos-Ayres, et dans la
manière de jouer avec l'éventail si
l'on habite le premier arrondisse-

ment de Paris, la rue de Tolède
à Naples, ou le West-End à Londres.

J'ai dit que toutes les élégances
se tenaient et appartenaient à la
même famille, mais il serait er-
roné d'en conclure qu'une élégance
les comprend toutes.

La femme ravissante d'élégance
en peignoir, le matin à dix heures
chez elle, arrosant ses fleurs ou
dépliant son journal de modes,
n'est plus la même à dix heures,
guindée dans son corset, dont elle
n'a jamais su dominer la tyran-
nie, ou le soir, aux Champs-Ély-

sées, régnant sur trois chaises.

L'élégante qui s'est maintenue fraîche à trois heures après minuit, après vingt contredanses et dix valses, relève d'un autre ordre d'élégance que celle dont la robe est froissée avant même le premier coup de minuit.

La véritable élégante de nuit rentre chez elle aussi exactement parée qu'elle est sortie de son boudoir, n'ayant pas même laissé derrière elle une épingle, un ruban ou son cœur.

Ceci n'est point une antithèse

le cœur a sa part dans l'élégance,
car la vanité seule ne fait pas toujours l'élégance.

La femme qui n'aime pas du
tout sera difficilement très élégante; la femme qui aime beaucoup sera encore plus loin de cette
perfection.

Un peu d'amour ranime l'élégance, beaucoup la fait négliger ;
vouloir plaire à tous et être remarqué d'un seul, est un mobile
d'élégance ; ne chercher à plaire
qu'à un seul, c'est s'exposer à
n'être remarqué de personne. L'é-
légance est une biche, l'amour est

un lion: l'un mangera l'autre. Y
prendre garde !

On n'enseigne pas l'élégance,
on l'aime, on la voit, on la comprend d'intuition, on se l'approprie, mais on n'en reçoit pas de
leçons.

La raison en est simple.

On est élégant avec le jeu de
ses proportions, le mouvement de
ses propres forces, grandes ou petites; l'inflexion de sa propre voix,
haute ou voilée, la marche de son
corps, légère ou grave. Comment
transporter à son profit ce qui est
le fait, l'application d'un autre?

Forcez Taglioni à se tordre comme Elssler, et Taglioni sera ridicule. Imposez à Elssler les ondulations délicates et à peine sensibles de Taglioni, et Elssler sera pétrifiée ; l'une se cassera, l'autre restera immobile.

Chacun ne peut donc être élégant que par lui-même. D'où l'on conclut que l'élégance tient moins à l'esprit qu'au caractère. Grande vérité qu'il nous reste à démontrer.

## CHAPITRE II.

Tout étant homogène dans l'homme, et tout en lui correspondant à une cause interne, l'élégance, qui est la traduction extérieure d'un individu, n'échappe point à cette loi, et sa cause interne, c'est le caractère.

L'esprit n'a point d'action réelle

et immédiate sur l'élégance, par
la raison que chaque être se résume dans le caractère, et que
l'esprit n'en est qu'une partie in-
tégrante.

Le caractère, c'est ce que Dieu
nous a faits, c'est le son qui résulte
de l'ensemble des diverses voix
qui sont en nous.

Tout ce qu'il s'approprie est à
sa taille. Il est précis et juste,
parce que son essence est l'unité.

L'esprit est moins sûr, il com-
bine, il s'illusionne, il s'égare.
Une femme lit Bernardin de Saint-
Pierre, elle voit que « *l'harmonie*

naît des contrastes, » et aussitôt elle va chercher dans les heurtemens de sa mise l'application de cet aphorisme philosophique. L'esprit commet ici une monstrueuse erreur sur le sens de ces contrastes, et c'est bien le lieu de formuler cette loi de l'élégance, à savoir que : *l'harmonie naît des similaires.*

Sans caractère décidé, point d'élégance.

Un enfant n'est jamais élégant, car rien n'est caractérisé en lui, il est gracieux.

Et comme le caractère se distin-

gue par l'unité, disons encore que
tout ce qui n'est pas simple n'est
jamais élégant. Ce n'est pas à dire,
toutefois, que les *esprits simples*
soient élégans.

Les oiseaux de même plumage
se reconnaissent à la première vue.

Les gens élégans se retrouvent
entre mille.

Il y a en eux une affinité irré-
sistible : mêmes goûts, mêmes
délicatesses, même langage.

Dans le monde, ils ont pour
leurs semblables cette préférence
qu'une communauté d'origine
éveille chez les hommes qui se

rencontrent en pays étrangers.

Les femmes ont un tact inimaginable pour reconnaître un élégant. Elles aiment l'élégance, et cela souvent à leur insu.

Une femme bien élevée n'avoue jamais à son mari qu'il a tort de n'être point élégant ; mais pourtant il y a des comparaisons qui la font rêver...

Les personnes qui ont du goût et qui n'ont pas d'élégance sont celles qui n'ont pas un caractère décidé.

Elles nous conseilleront judicieusement sur le choix d'une cou-

leur ou d'une forme, mais elles
sont impuissantes à tirer parti
pour elles-mêmes de leurs propres idées.

A Paris, généralement, on a le
bon goût;

En province, le bon sens.

Mais parmi les gens qui ont le
bon goût et ceux qui ont le bon
sens, peu ont l'élégance.

Dans la vieille France de qualité, l'élégance était moins rare
que de nos jours. On connaît l'élégance traditionnelle des courtisans. La raison de cela, c'est que
l'époque avait son caractère. La

société se divisait en comparti-
mens, qui avaient leur cachet in-
dividuel ; nul n'osait sortir des
habitudes et des idées qui appartenaient à sa classe. Une classe,
c'était un habit dans lequel on ne
pouvait entrer, si l'on n'avait la
taille, la tournure, l'esprit et le
caractère de cet habit.

De là l'élégance relative.

Aujourd'hui, la confusion règne
dans les idées comme dans les
choses ; il n'y a ni classe, ni moule
de profession, ni caractère. Aussi
qu'avons-nous fait ? Nous avons
adopté le *paletot*, qui n'est fait

pour personne et qui va mal à tout le monde.

L'élégance est tantôt absolue et tantôt relative.

L'élégance relative était fréquente autrefois ; c'était celle, nous venons de le dire, qui appartenait plus aux classes qu'aux individus. Elle a disparu en grande partie avec les caractères professionnels.

Il y avait des notaires élégans, des médecins, des militaires, des avocats élégans. Aujourd'hui, on dit : Voilà un homme élégant : l'élégance ainsi réduite au point

de vue absolu, a dû se faire rare,
parce qu'elle est d'une réalisation
plus difficile.

Il y a, en effet, des conditions
générales qui admettent l'élégance
et d'autres qui l'excluent. Nous en
parlerons tout à l'heure.

Le notaire, autrefois, avait les
qualités inhérentes au tabellionat.
Il était d'une modestie rigide,
d'une prudence intelligente. Grâce
à la confusion de nos temps modernes, le notaire est devenu un
homme de luxe et de mode. Il s'est
logé comme un nabab, il chasse,
il a des chevaux. Autrefois il gar-

dait les secrets des familles; aujourd'hui il garde leur argent. De
cette métamorphose est résultée
une détérioration complète du type
notaire.

Les médecins formaient une
classe que des habitudes caracté-
risaient fortement jusqu'à l'exa-
gération. Molière et Le Sage l'ont
bien prouvé; ils étaient instruits,
vantards et ne cachaient pas leur
science. Le médecin a fait peau
neuve, il est beau diseur. — C'est
la manie à la mode. — Il rédige
le feuilleton *Académie des scien-
ces*; il est nouvelliste; il a détrôné

le chirurgien-perruquier jadis son confrère. C'est Figaro, moins l'ignorance.

Le pharmacien, qui n'est pas apothicaire, est même un peu lettré.

Sous l'ancien régime, sous l'empire, les militaires avaient le caractère qui leur était propre : imprévoyans, généreux, compatissans, peu soucieux du lendemain qui ne leur appartenait pas, aimant le plaisir qui menaçait toujours de leur échapper, leur dogme était l'obéissance passive, et, pour eux, la hiérarchie n'était pas un vain mot. Avec ces militaires-là

vous savez ce qu'ont fait la France
de qualité et la France impéria-
liste! Ce type, que nous avons tous
vu poétiser, a disparu : de nos
jours, on a créé et mis au monde
les baïonnettes intelligentes. L'é-
légance militaire a dû s'abolir avec
le type originel de la profession.

Disons quelques mots de nos
gentilshommes-chasseurs d'autrefois, qui possédaient des châteaux,
des terres, des meutes, des chevaux, des piqueurs, des valets de
limier, et tout l'or qu'il fallait pour
payer au centuple les dégâts que
leurs équipages occasionnaient sur

les terres voisines. Ceux-là avaient des habitudes qui seyaient à leur costume, et un costume assimilé à leurs habitudes; d'où il résulte que, pour bien porter un habit, il faut l'avoir porté de tout temps : aphorisme de l'élégance.

De nos jours, les terres patrimoniales se sont rapetissées, le gibier est rare. Il faut faire des lois pour le protéger. Les gens qui, par leur position, devraient chasser souvent et entretenir des équipages, n'ont plus d'équipages et ne chassent qu'accidentellement. Le costume de chasse, si

élégant jadis, est devenu un véritable déguisement, sous lequel la
plupart de ceux qui s'en affu-
blent par circonstance, paraissent
tout à fait grotesques. L'homme,
préoccupé de sa veste, de ses guê-
tres et de son carnier vide, devient
gauche et absurde.

Parmi les femmes, l'élégance
relative est également annihilée,
mais cependant elle ne l'est pas
au même degré. La seule négation
de l'élégance parmi elles, c'est la
femme de lettres. La femme est
une créature de spontanéité, elle
a d'admirables instincts qui l'éclai-

rent et là guident ; ces instincts sont : l'amour, l'amitié, la charité, le dévoûment. Abandonnée à la puissance de ces instincts, la femme a toujours un caractère pur et net. Aussi, en matière d'élégance, rien de rigoureusement exclusif pour les femmes ; les catégories sont plus élastiques. La femme de lettres, elle, est en dehors de cette loi de spontanéité, elle tient moitié de l'homme, moitié de la femme ; c'est un être mixte, un centaure de la civilisation, mais un centaure qui élève mal ses Achilles.

# CHAPITRE III.

L'élégance relative étant à peu près impossible à notre époque, reste donc l'élégance absolue.

Or, l'élégance absolue, ou, si l'on aime mieux, l'idéal de l'élégance, a ses conditions inflexibles; elle exige d'abord, ainsi que nous l'avons dit, de belles proportions:

. De la grâce ;

De la souplesse dans les mou-vemens.

Ensuite, pour le moral :

Du goût ;

De la bienveillance ;

De la simplicité ;

De la magnificence ;

Du courage ;

Du savoir-vivre.

Or, comme toutes ces qualités ne peuvent être possédées à la fois par une seule personne, on a plus ou moins d'élégance, selon qu'on est plus ou moins près de ce type idéal.

Les sentimens moraux se traduisent toujours par les habitudes du corps.

Larochefoucauld dit qu'il y a un air qui convient à la figure et aux talens de chaque personne.

Lavater a fait de la physionomie humaine une science sérieuse. Il découvre chez l'homme une *mimique* particulière à chaque sentiment.

Les Allemands vont quelquefois plus loin, beaucoup pensent avec Schiller que l'avare, par exemple, a toujours le regard faux, furtif, et les doigts crochus.

3

Cela n'est pas hasardé. Les mauvaises passions, les maladies de l'âme se révèlent par des accidens inharmoniques de physionomie, de contenance ou de manières. Ces signes extérieurs sont plus ou moins apparens, plus ou moins saisissables; souvent ils existent sans que les personnes dont elles modifient l'expression physique en aient la conscience.

Il y a donc des dispositions morales essentiellement antipathiques à l'élégance; de ce nombre :

La cupidité ;

La lâcheté ;

La sottise;

L'affectation.

Et comme il est dans le monde des positions où elles jouent un rôle permanent, il en résulte que tout homme qui persiste à garder ces positions ne pourrait, en aucune manière, prétendre à l'élégance. La nature n'a pas donné à cet homme-là un rang supérieur à sa condition sociale.

S'il est vrai que certaines professions ont été modifiées dans leurs traits les plus caractéristiques, d'autres ont une essence invariable.

Se figure-t-on élégant un huissier dans l'action d'appréhender son monde de par le roi, et de faire commandement *dedans vingt-quatre heures, payer au requérant capital et intérêts dus et échus ?* Un garde de commerce, qui vit dans la société comme un jaguar dans les bois, sautant au cou du passant quand il s'y attend le moins ?

Ne cherchez jamais ni l'élégance absolue, ni l'élégance relative au fond de ces misères sociales.

Les catégories entr'ouvertes à l'élégance absolue sont :

La banque;

La bourgeoisie;

La robe;

Les arts;

La bureaucratie.

Mieux encore :

La diplomatie;

La propriété héréditaire;

L'armée;

Les lettres;

Le *riennisme*.

La gentilhommerie est le couronnement des catégories de l'élégance.

Les pauvres gentilshommes, on leur a pris tant de choses, qu'il faut bien se résoudre à leur laisser de leur patrimoine ce qui ne rapporte rien aux prenans !

Ne doivent point prétendre à l'élégance absolue :

L'homme né bouffon ;

L'homme troubadour.

Un vieillard à longs cheveux bouclés : troubadour ;

Un vieillard qui vante sa force juvénile : troubadour ;

Un Panseron du caveau moderne : troubadour. Vous compléterez la série.

Parmi les femmes, ne doivent point y prétendre non plus :

La grande dame née actrice;

La grande dame née portière;

La grande dame soubrette;

La femme major allemand;

La femme bergère.

Mais il est quelque chose dans le monde qui est la réalisation de tout ce que l'élégance a de plus élevé, de plus raffiné, c'est une femme du grand monde, appartenant à l'Angleterre par l'éducation première, à la France par la seconde éducation, ou la science du bon goût.

Ajoutons à ce type par excellence tous les grands seigneurs *nés*

grands seigneurs, et les grandes
dames nées grandes dames ; c'est-
à-dire, comme on l'a remarqué
avant nous, *accord d'une grande
distinction personnelle et d'un
haut rang, harmonie d'une double dignité : noblesse de nature
et noblesse de condition.*

Beaucoup de gens croient trouver leur modèle d'élégance au
théâtre. C'est là une opinion assez
répandue pour que nous soyons
amené à émettre en parallèle l'é-
légance de la femme du monde et
celle de l'actrice.

# CHAPITRE IV.

L'élégance se divise en quatre parties principales, savoir :

Le langage;

Les manières;

La démarche;

Le costume.

Chacune de ces diverses parties se lie avec le caractère : on dit les

manières froides, empesées; la
démarche altière, modeste; on dit
le langage affecté, prétentieux.

L'élégance dans le langage consiste dans un choix d'idées.

Parmi les idées, les unes sont
fines, élevées, neuves; d'autres,
enfin, vulgaires et triviales, c'est-
à-dire qu'elles sont d'or, d'argent,
de fer, de plomb ou de cuivre.

Une idée sublime, profonde, est
un lingot.

Une idée fine est une pièce d'or
ou d'argent.

La phrase toute faite est un
gros sou.

Le proverbe, le dicton sont moins qu'un gros sou.

La conversation élégante est un bazar où les lingots ont rarement cours, et où l'échange des gros sous devrait être laissé aux gueux et aux enfans.

Beaucoup dans le monde croient atteindre à l'élégance du langage et qui ne font que de longs chapelets, dont chaque grain est une banalité, une erreur mensongère, une vulgarité sans application. Exemple :

*En France, le ridicule tue tout.*

Eh bien ! cela est faux. C'est en

France précisément, ainsi qu'on
l'a déjà fait remarquer, que le ridicule n'a aucun empire. « Il a
poursuivi une foule d'hommes
de ses traits les plus mordans, et
ces hommes sont debout, pleins
de force. Pendant trente ans, on
a tourné M. de Châteaubriant
en ridicule ; jamais style ne
fut plus parodié, critiqué que le
sien ; et cependant, quand Châteaubriant passe dans la rue et
qu'il est reconnu, les jeunes gens
le portent en triomphe et le pro-
clament le génié de notre époque. »
Et Victor Hugo, le ridicule s'est-

il fait faute, que vous sachiez, de
s'attaquer à lui? Eh bien! où en
est-il! Aujourd'hui à l'Académie,
demain au Luxembourg.

Le ridicule est non seulement
impuissant en France lorsqu'il
porte à faux, mais ses coups res-
tent sans effet, même quand ils
atteignent le défaut de la cuirasse.
Souvenez-vous de M. Bugeaud
avec son éloquence parlementaire
et son picotin d'avoine : savez-
vous comment le ridicule a tué
celui-là? en le faisant maréchal
de France sans que personne ait ri.

Le mot *élégant* ne doit s'appli-

quer aux choses, qu'autant que
ces choses portent en elles un caractère de belles proportions.

Nous ignorons si l'Académie a
fait cette distinction, mais, en
tous cas, nous la faisons pour elle.
On dit un palais, une maison élégante; on ne dit pas une monta-
gne élégante.

Ceci nous offre l'occasion de formuler un nouvel aphorisme :

Un gros homme, une grosse
femme peuvent être magnifiques,
superbes, imposans; ils ne sont
pas élégans.

Les manières sont élégantes quand on emploie dans une exacte mesure l'expression nécessaire pour atteindre le but. On ne se trompe jamais en interprétant les gestes d'un enfant : c'est qu'il exprime avec naïveté les dispositions de son instinct.

« Mouvoir toujours, dit M. de Balzac, c'est comme parler toujours. » Le bavard et l'homme qui fait beaucoup de gestes fatiguent; de plus, ils sont vulgaires.

On a dit avec justesse que le repos était le silence du corps.

Partant de là, agir d'un mouvement mesuré, c'est comme parler à propos.

Il y a dans les manières une certaine loi d'harmonie qu'il faut observer.

Un mouvement saccadé est une note trop haute dans une symphonie, un mouvement trop court est une note trop basse. Il y a des mouvemens tellement exagérés, qu'ils font grincer les dents comme une note fausse.

On ne saurait trop donner d'importance à la science du mouvement des manières et de la démarche.

Comme tout mouvement a une expression qui lui est propre et qui vient de l'âme, si l'on a reconnu que la disposition psychologique en soi est d'une mobilité qu'on ne puisse modifier, il faut s'occuper de l'expression extérieure et chercher à la corriger, à peu près comme un acteur cherche à s'approprier la physionomie du personnage qu'il veut rendre, ou bien encore, comme on s'occupe du style, qu'il faut beaucoup corriger pour rendre simple. Ici l'art, l'étude, peuvent venir en aide à la nature : c'est une béquille pour un boiteux.

La femme élégante chez elle, au salon, au bal, dans la rue, a des mouvemens intraduisibles qui indiquent tout et ne laissent rien voir.

Remarquez une personne : si elle est élégante, elle ne marche point vite, elle ne parle point haut ni abondamment. Elle modère le jeu de sa physionomie, et quand elle rit, elle ne le fait jamais aux éclats.

On voit d'un trait que l'élégance du théâtre ne saurait être ce qu'elle est dans le monde.

Pour qu'une femme paraisse

élégante au théâtre, il faut que ses
manières , son ton, sa démarche,
soient en rapport avec ce qu'elle
est chargée de reproduire. Au théâtre, rien n'est vrai, tout est con—
ventionnel : la campagne est une
toile peinte, le pâté qu'on mange
c'est du carton , le soleil c'est le
quinquet de la coulisse. Ses caractères appartiennent soit au fantas-
tique, soit à la rêverie, à l'abs-
traction, à la philosophie, comme
dans Shakspeare, Voltaire et Goë-
the. Notez bien que si les caractères au théâtre étaient vrais, il
n'y aurait plus d'art, et le charme

s'évaporerait. Certes, on n'irait pas au théâtre pour assister à des péripéties qui seraient le calque exact des péripéties de la vie réelle. Il faut quelque chose de plus que la vérité. Croyez bien que ce qu'on demande au théâtre, ce n'est ni les tribunaux, ni un accusé, ni un échafaud, tels que cela se trouve à la Cour d'assises ou à la barrière Saint-Jacques. Ce ne sont pas non plus des scènes et des salons comme ceux au milieu desquels nous existons et où nous jouons notre rôle, ni des femmes comme celles avec qui nous som-

mes en relation de chaque jour,
de chaque heure. Si cela pouvait
être, nous n'irions pas au théâtre,
nous irions chercher l'émotion
que produisent les scènes de là vie
là où elles ne seraient pas une fiction.

Ce que nous voulons, ce sont
toutes ces choses, mais grossies,
arrangées, combinées pour être
aperçues de loin, pour produire
des effets d'optique. Voilà le théâtre ; voilà aussi l'actrice. Vu de
loin, c'est délicieux ; vu de près,
c'est un badigeon. La femme du
monde, au contraire, reste pour

nous le tableau de Dubuffe on de
Winterhalter.

Ce qui s'oppose à ce que l'actrice soit d'une élégance pure, c'est
qu'elle n'est pas elle. Aujourd'hui
elle aspire à l'élégance du XIX<sup>e</sup>
siècle , demain , à celle du XVII<sup>e</sup>.
Un autre jour , c'est l'élégance
française qu'elle exprime , puis
c'est l'élégance anglaise ; c'est à
l'infini , et partout la condition
forcée pour elle, c'est l'exactitude.

Or, être tout, c'est n'être rien.

Il est donc vrai de dire que l'é-
légance de l'actrice et celle de la
femme du monde ne sauraient

être placées sur la même ligne.
Ce sont deux trônes différens, jamais rivaux.

Quelques esprits vont même
jusqu'à penser que des manières
et une éducation distinguées for-
ment toujours un obstacle au ta-
lent d'une actrice. Selon M. Jules
Janin, par exemple, il est absolu-
ment nécessaire d'être une fille
de portier pour bien représenter
une duchesse du Gymnase.

Si j'étais actrice, je ne me fe-
rais aucun souci de rivaliser dans
le monde avec des femmes qui,
par leur origine, leur caractère,

leur fortune héréditaire, leur éducation et le prisme de leur existence, sont destinées à demeurer
les éternels types de l'élégance et
mes modèles. Je m'occuperais
d'arriver à la gloire en faisant
briller mon intelligence, et en re-
haussant ma profession par l'éclat
de mes succès. Cela n'empêche-
rait pas qu'on ne copiât mon élégance à moi!

# CHAPITRE V.

Selon les artistes, la beauté est plastique ; en matière d'élégance, elle est plutôt métaphysique, relative plutôt qu'absolue.

C'est-à-dire qu'aucune partie du corps humain ne peut avoir les proportions voulues par l'élégance, à moins qu'elles n'éveil-

lent en nous une idée ou un sentiment.

Ce sont autant d'hiéroglyphes
qui tous ont un sens caché.

Une danseuse à l'Opéra, faite
comme la Vénus de Médicis, ne
serait pas douée du genre de
beauté qui s'assimilerait le mieux
à la danse. Les proportions de la
Vénus expriment la beauté purement et simplement. Et encore
Spurzheim de son point de vue de
phrénologiste, trouvait-il trop petite la tête de cette statue, ainsi
que celle de l'Apollon du Belvédère. Mais pour qu'une femme

s'assouplisse aux efforts, aux difficultés de la danse, il faut nécessairement qu'elle détruise cette harmonie.

Dans l'économie physiologique d'une danseuse, les muscles doivent prendre beaucoup de consistance, les chairs perdre leur rondeur, leur contour ; certaines parties, telles que les bras, s'allongeront, la taille sera plus mince, plus cambrée, plus flexible.

Il y a des écarts aux grandes lois de la nature, il y a des défectuosités que nous trouvons belles et élégantes. Mais ces écarts

ont pour eux la logique de la civilisation. Ainsi une femme en corset est un mensonge, une fiction
mais pour nous autres, cette fiction
tion est mieux que la réalité.

Ceci bien compris, nous entrons
à pleines voiles dans la détermination des lois de l'élégance par
rapport aux diverses parties du
corps humain.

Le cou long, les épaules fines,
les mains petites, blanches, effi-
lées, sont réputés jolis et élégans,
parce que ce sont là des caractères auxquel s'associent des idées

de noblesse d'origine, d'inoccupa-
tion, de grandeur et de fortune.

Parmi les hommes, comme parmi les animaux, les races dégénè-
rent, s'abâtardissent dans des
conditions données. Ainsi, le cheval, bien proportionné, élégant,
fin, n'a pas d'autre point de dé-
part dans la création, que le cheval gros et pesant. La différence
de leurs formes n'atteste que la
différence de destination qui fut
donnée à leurs ancêtres.

Le travail manuel ou corporel a
une action similaire sur les formes

humaines. L'homme de peine, celui qui fait un constant appel à ses forces musculaires, celui-là aura le cou court, la tête enfoncée dans les épaules. — Le plus petit anatomiste démontrerait cela. — Ses épaules se développent démesurément, les bras grossissent, les mains deviennent fortes et perdent de leur délicatesse.

Les mêmes causes continuant d'agir, les générations se modifient sous leur influence, et ainsi les origines se révèlent à des signes matériels.

De tout temps un homme dont le torse est court, relativement aux cuisses et aux jambes, a été d'un aspect élégant. Ce sentiment parmi les nations européennes date de loin.

De l'habitude constante de monter à cheval résulte un allongement des muscles extenseurs de la cuisse; aussi cette disposition physiologique caractérisait-elle les anciens chevaliers et les seigneurs féodaux, au contraire des manans et des vassaux. Don Quichotte est très haut sur les jambes, Sancho Pança très court. Ces deux types sont des exagérations, sans doute, mais ils démontrent quel était le sentiment universel à ce sujet.

Le pied petit, la cheville fine et sèche, sont des signes de bonne race, de même que la main frêle, le poignet mince.

Savez-vous pourquoi le coude-pied un peu saillant est d'une extrême élégance! C'est que toute dépression dans la partie supérieure du métatarse est un signe auquel sont attachées vulgairement des idées de bassesse et de lâcheté. De là cette expression proverbiale de *pied-plat*.

Une large poitrine ne manque pas d'élégance, parce qu'il est naturel de supposer que le volume du cœur correspond à celui de son enveloppe; et, selon Bichat, l'organe du cœur est le siége de tous les sentimens généreux, bons, nobles.

Le développement de l'estomac est presque toujours lié au penchant à la gastronomie. Or, le gastrolâtre est égoïste et sensuel : la vie matérielle prédomine en lui. Le cerveau fonctionne d'autant moins que l'estomac fonctionne davantage, et c'est pour cela, remarquez-le bien, qu'on vieillit par le ventre plus que par le visage. Ceci est la règle qui n'exclut jamais l'exception, comme chacun sait. Cette disposition est donc essentiellement contraire à l'élégance.

Le visage de l'homme doit être plutôt ovale que rond, c'est-à-dire présenter du développement au

sommet et un léger rétrécisse-
ment à la partie inférieure, car le
cerveau est le siége des facultés
intellectuelles, tandis que la mâ-
choire peut être considérée comme
celui de la sensualité.

Le front doit se projeter en
avant, il doit être large ; cette
partie de la face est étroite dans
les animaux, témoin le front du
singe qui fuit en arrière, et celui
du chien, qui est presque hori-
zontal.

Un menton un peu saillant ne
manque pas d'élégance, et cela,

parce que les brutes n'ont pas de menton; tout ce qui rapproche la structure humaine de la leur est nécessairement d'une essence contraire à l'élégance, nonobstant les tailles d'abeille, les yeux de gazelle, les cous de cygne.

Les sourcils sont un autre trait du visage qui distingue l'homme de tous les animaux. Les anciens n'avaient garde de négliger cette observation. Ils en profitèrent avec une adresse admirable pour anoblir la figure humaine. C'est dans l'arcade sourcilière que gît par-

ticulièrement l'élégance du visage. Plus elle est ouverte, plus
le caractère de l'élégance est
accusé.

Les yeux doivent être grands,
plutôt rapprochés, — en dépit de
Spurzheim,—qu'espacés; les yeux
étant le miroir de l'âme, plus ils
offrent de surface, mieux les sentimens qu'ils réfléchissent sont
aperçus. Les grands yeux sont rarement trompeurs. Les hommes
faux ont généralement les yeux
petits.

La sagacité observatrice des ar-

tistes anciens ne dirigeait point
en avant, mais de côté, les regards
de l'homme timide et soupçon-
neux. Voulaient-ils exprimer le
courage, la fermeté, l'audace? les
yeux de leurs statues, quoique la
prunelle n'y fût pas indiquée,
semblaient attachés sur le specta-
teur et vouloir pénétrer jusqu'à
son âme.

Le nez étant l'une des confor-
mations qui distinguent l'homme
de tous les animaux, ne doit pas
se dissimuler dans le visage. Pour
éveiller l'idée d'élégance, il doit

se prolonger en ligne droite, selon le type grec, ou prendre une légère courbure en se relevant un peu par le bout, selon le type romain. Ces deux caractères sont élégans, puisqu'ils sont associés dans nos souvenirs aux éternels chefs-d'œuvre de la statuaire antique.

Un gros nez est l'image peu élégante d'un tubercule et le symbole de la bêtise; dans Horace, *homo obesæ naris* signifie *hébété*, stupide; un nez fin, selon le même poète, indique *la ruse, la subtilité, homo emunctæ naris*.

La bouche n'est élégante qu'autant que les lèvres sont mobiles et que les inflexions de la voix qu'elle exprime sont variées; elle est élégante lorsqu'elle semble plutôt disposée pour articuler les sons d'une voix douce et flexible, caractériser les signes de la pensée ou du sentiment, que pour saisir une proie et broyer les alimens.

Il y a des inflexions de voix qui sont élégantes, et d'autres qui ne sauraient l'être. La raison de cela est facile à saisir : toute altération de la voix indique un état anormal. Dans l'homme ivre, elle est

rauque, diffuse, empâtée; dans
l'homme effrayé, elle est fêlée,
faible, tremblottante; l'homme fu-
rieux donne des éclats de voix qui
assourdissent. Si une personne
réunit en elle plusieurs des conditions de l'élégance, mais que,
pourtant, sa voix ait quelque
rapport avec celle d'un homme
qui a bu ou qui a peur, il est évident que le charme disparaît à
l'instant. L'organe doit être doux,
pur, distinct, sonore; lorsqu'il est
ainsi, on conçoit qu'il puisse être
l'interprète des hautes pensées du
génie et du cœur. C'est surtout

chez la femme que l'absence de
ces qualités nous choque. Que d'é-
lans de passion produits par la
physionomie, et que la laideur de
la voix a réprimés aussitôt !

Nous ne pouvons nous dispen-
ser d'indiquer que l'une des raisons qui nous portent à attacher
une grande élégance dans la lon-
gueur et l'abondance des cheveux,
c'est que non seulement des masses compactes de cheveux accu-
sent plus vivement les teintes,
laissent jouer et frissonner des re-
flets innombrables ; mais une opu-

lente chevelure implique nécessairement les idées de soin, d'ordre
et de propreté.

La moustache est essentiellement élégante.

Lorsque les Maures eurent en-
vahi l'Espagne, les populations
chrétiennes se trouvèrent mêlées
avec la race musulmane, si bien
qu'ils ne parvenaient qu'à grand'-
peine à se distinguer les uns des
autres; faute d'un signe de rallie-
ment entre eux, leur unité était
menacée de destruction; il fallut
s'entendre pour trouver ce signe

par lequel, au premier coup d'œil,
nos frères en Dieu se reconnaî-
traient et pourraient s'entr'aider.
Ils laissèrent croître sous le nez
une ligne horizontale de poils qui
devint la moustache, et sous la
lèvre un bouquet perpendiculaire
qui donnait à l'ensemble la forme
d'une croix; et ainsi la moustache
devint un symbole de liberté et
de fraternité qu'adoptèrent bientôt
tous les gens de guerre et d'Église.

Une des principales raisons,
chez les hommes, pour aimer la
taille fine et pour y attacher en-

suite une idée d'élégance, naît de
leur égoïsme. Nous aimons à
étreindre ce qui nous plaît. Plus
un corps de femme est fluet, cam-
bré, délié, plus facilement nous
l'enveloppons de nos bras. Il semble que ce que nous tenons ainsi
nous appartient mieux : c'est le
symbole de la possession. Remarquez aussi qu'à mesure que la
femme avance dans la vie, que
son caractère se forme, qu'elle
s'émancipe, elle échappe, pour
ainsi dire, à notre influence, à notre autorité, et la taille s'épaissit.
On gouverne une femme à vingt

ans, elle a la taille fine; à quarante-cinq elle résiste souvent, secoue le joug marital, et la taille est grosse. Dieu la punit.

# CHAPITRE VI.

Chez les peuples de l'antiquité, le costume était mis au nombre des beaux-arts, ses principes étaient définis, son influence sur la morale était appréciée, et des officiers publics veillaient pour qu'on n'en violât pas les lois fondamentales.

Il est évident que si le but des arts est de produire des impressions variées sur notre esprit, le costume ou la décoration du corps humain ne saurait être exclue de leur classification.

Le costume exprime tour à tour la richesse, la prétention, la coquetterie, l'austérité, la modestie, c'est-à-dire qu'il a son caractère.

Otez à un homme sa cravate, troublez la régularité habituelle de ses vêtemens, et sur-le-champ vous exprimez la démence.

Des fleurs sur la tête d'une jeune

femme, c'est le bal avec ses bril-
lantes et poétiques images.

Le caractère du costume lui est
imprimé par des lois de deux natures distinctes, l'une physique,
et l'autre morale.

De même que tous les corps dont
le sommet est plus large que la
base ont, ainsi que tous les cônes
renversés, quelque chose d'aérien,
et que, par la raison contraire, ils
font naître l'idée de pesanteur
lorsqu'ils ont la forme pyrami-
dale, de même, dans le costume,
on imprime un cachet de gravité
ou de légèreté en mettant plus ou

6

moins d'ornemens et d'ampleur, soit aux pieds, soit à la tête.

C'est d'après ce principe que la robe magistrale, que le manteau royal furent toujours vastes, amples et traînans:

Mais, quelle que soit l'action des lois matérielles dans la détermination du caractère, du costume, ce sont les associations d'idées qui prévalent toujours. C'est ainsi que le noir, pour nous, est devenu le symbole de la tristesse et de la douleur. Il importe peu que ces associations d'idées soient purement conventionnelles, ou qu'elles résultent d'un sentiment spontané et général parmi les hommes, il suffit qu'elles soient acceptées.

Le costume ainsi compris devient donc une sorte de science mathématique où chaque détail a son expression ou sa valeur fixe. D'où il résulte que l'élégance dans le costume consiste dans le rapport qu'il faut établir entre deux caractères, celui de la personne et celui du costume.

Si vous manquez de goût et de perspicacité, vous ferez infailliblement des rapprochemens gau-

ches, guindés, maladroits. — Il
faut donc se consulter bien avant
de faire choix d'une couleur ou
d'une forme.

Bien connaître le trait caractéristique de sa personne, c'est pos-
séder la science de s'habiller et
les secrets de l'élégance.

De là, un principe fondamental
qu'on ne saurait trop répéter.

Ce n'est ni dans la richesse
d'une toilette, ni dans la rareté
des étoffes, ni dans la coupe plus
ou moins imprévue des habits que
gît l'élégance ; c'est uniquement
dans l'effet produit par la combi-

naison de ces choses avec le jeu
des proportions humaines.

Chercher à captiver les suffra-
ges du vulgaire, c'est chercher,
en matière d'élégance, les voies
de l'erreur.

Dans l'art du costume, comme
dans les autres arts, ce qui saisit
la foule, ce sont généralement les
effets grossiers. Il n'est pas vrai
que le sentiment des masses soit
bon et infaillible dans les arts. La
quantité ne sera jamais la qualité.

Abandonné à ses instincts, à ses
forces naturelles, l'homme de la
rue ne peut point admirer Racine,

encore moins Milton. En musique,
il préférera les ponts-neufs aux
plus savantes compositions. de
Beethoven ; en statuaire, les fi-
gures en plein air de Curtius à
l'Apollon du Belvédère et au mar-
bre du Laocoon.

C'est sur cette observation que
se fondait un élégant célèbre, lorsqu'il disait à de jeunes fashiona-
bles de Londres : « Vous saurez
que vous êtes élégans, messieurs,
lorsque, dans les rues, vous pas-
serez sans être remarqués. »

Pour se vêtir d'étoffes riches,
fastueuses, il faut en soi un ca-

ractère physionomique qui le per-
mette.

Beaucoup de femmes, parce
qu'elles sont riches, s'imaginent
avoir le droit de porter des dia-
mans, des plumes, des dentelles ;
elles se trompent. Un pareil droit
n'est point donné par les accidens
de la fortune ; il émane directement de la nature. Ces femmes
commettent des usurpations contre lesquelles protestent leur langage et leur physionomie.

Il y a quelques années, la garde
nationale donna un bal dans la
salle de l'Opéra. On remarqua

deux femmes de la banlieue ; l'une
avait une robe de moire rose faite à
la mode du village, et un superbe
bonnet de paysanne en dentelle.
Cette femme, au milieu de tous
ces habits de bal assez mal portés,
était élégante et faisait un effet
charmant. On voit pourquoi.

Il y a défaut d'harmonie entre
la modestie du maintien, la chas-
teté du langage, la circonspection
des manières d'un côté, et de l'autre la licence du corps, l'éclat des
bijoux, et les couleurs vives.

C'est par suite de ce défaut
d'unité que les hommes exercés

dans la science du monde assignent d'emblée, dans un salon, au théâtre, dans les rues, la vraie condition des gens : il y a des femmes, quelque peu profanes, qui font des efforts de toilette inouïs pour paraître ce qu'elles ne sont pas.

Méandre cite un habillement diaphane, qu'il indique comme étant celui des courtisanes; c'est ce que Varron appelle des robes de verre. Ovide prescrit à la jeune fille de ne porter ni bijoux, ni broderies.

Une petite-maîtresse voit sur

une dame de qualité une robe d'une certaine façon; elle en admire les détails, l'ensemble, et trouve qu'elle sied admirablement à celle qui la porte; elle en commande une toute semblable, et cette robe, qui est identique au modèle, la rend affreuse; c'est tout bonnement qu'elle ne possède pas en elle le caractère auquel s'assimile ce vêtement. Que sais-je? elle a peut-être les bras trop longs, le cou trop court; elle est vive et pétulante, au lieu d'être posée et sentimentale. Quelque chose en elle ne se combine pas harmonieusement avec les dispositions de l'étoffe, il faut si peu pour être élégant, et si peu pour ne pas l'être. C'est surtout en matière d'élégance que le *poco più*, *poco meno* des Italiens joue un rôle important.

Ceci paraîtra subtil à quelques uns, fou à beaucoup, et rationnel à tous ceux qui connaissent la puissance des riens.

Les ornemens de passementerie font fureur cette année, disait le vicomte Charles de Launay dans un de ses feuilletons de modes; mais ils ne conviennent qu'aux

personnes calmes, dignes et pa-
resseuses.

« Les femmes qui ont de l'acti-
vité dans l'esprit, qui s'impatien-
tent facilement, ne peuvent se per-
mettre ce genre de garniture. Si
elles vont d'une chambre à l'autre, la cordelière, en se balançant
dans l'espace, se prend dans la
porte. Si elles écrivent une lettre
pressée, pour sonner le domestique qui doit la porter, elles quit-
tent vivement leur table à écrire,
et la clé du pupitre s'accroche
dans les brandebourgs de la robe.
Si, voyant un bel enfant, elles

veulent le prendre aussitôt dans
leurs bras pour le caresser, les
cheveux du pauvre petit s'entor-
tillent dans les olives des man-
ches, et la victime pousse des
cris affreux. Conclusion : les pas-
sementeries ne conviennent pas
à tous les âges, encore moins à
tous les caractères. »

J'ai connu à Paris une modiste
célèbre qui avait fait de son art la
plus profonde étude, et qui avait
deviné, sans toutefois se rendre
compte de sa découverte, que
l'élégance était toujours sœur ju-
melle du caractère. Pour savoir

si une couleur, si une forme convenait à quelqu'une, elle ne faisait jamais essayer ses modes !
elle vous questionnait, et, selon
la nature des réponses ou plutôt
des renseignemens, sa sagacité
arrivait à des conséquences matérielles d'une justesse infaillible.

Un jour, j'accompagnais chez
elle un de mes amis qui voulait
acheter un bonnet pour sa mère
et un chapeau pour sa sœur,
toutes deux aux eaux de Baden-
Baden.

— Quel est l'âge de madame
votre mère? demanda-t-elle à mon

ami avec un ton d'exquise politesse,

— Un peu plus de cinquante
ans, répondit-il.

— Voit-elle le monde?

— Elle vit plutôt retirée.

— Donne-t-elle beaucoup de
temps aux pratiques religieuses?

— Quelques heures chaque jour.

— Quelle forme à sa figure?

— Ovale.

— Pardon, et la couleur des
yeux?

— Bleu-gris.

— Le nez?

— Aquilin.

— Très bien, dit-elle. Ici la modiste sonna ; une femme d'un âge mûr parut. Apportez, dit-elle, un bonnet X. R. C., n° 21.

La maîtresse est obéie.

Le bonnet convenait parfaitement.

— Mon Dieu ! comme je suis étourdie, fit-elle ; j'oubliais de vous demander si monsieur votre père vivait encore ?

— Non, madame.

— Dans ce cas, cette couleur est trop foncée ; quelque chose de plus léger, dit-elle encore en s'a-

dressant à la même femme, X.
R. D., n° 17.

— Maintenant, si vous le voulez, continua-t-elle, nous nous occuperons de mademoiselle votre sœur. Vous m'avez dit, je crois, qu'elle avait dix-huit ans?

— Pas tout à fait.

La dame toucha un nouveau cordon de sonnette.

— Permettez-moi une question importante, monsieur : mademoiselle votre sœur est-elle jolie?

— On la trouve telle.

 Est-elle musicienne?

— Oui, madame.

— Quelle est la couleur de ses cheveux?

— Blond cendré.

— Danse-t-elle bien?

— Elle aime la danse à la passion.

— C'est assez.

Elle fit un signe à la jeune personne, qui se retire pour paraître bientôt, ayant un délicieux chapeau sur la tête.

— Demain matin, dit-elle, tout sera prêt.

Elle tint, en effet, parole. Jamais ni bonnet, ni chapeau n'a-

vaient eu meilleur air et plus
d'élégance.

Le costume est tellement caractéristique, que jusqu'aux détails qui le composent sont devenus emblématiques. De là le
langage des fleurs et celui qu'on
prête aux couleurs.

La mode elle-même, cette chose
éphémère, indéfinie, mais qui
n'est autre chose que l'orbite où
s'opèrent les révolutions du costume, la mode possède un caractère qui lui est propre. Elle a sa
philosophie, sa logique, parce
qu'elle a des points de contact

et de relation avec l'élégance.

Le caractère de la mode, c'est luxe, fortune, grandeur. D'où vient qu'un costume qui a été trouvé élégant cesse de l'être ? c'est que ce costume, d'abord le patrimoine du petit nombre, est tombé dans le patrimoine public et s'est associé alors à des idées de pauvreté et de vulgarité qui ont effacé sa primitive effigie.

Le principe de l'élégance trouve également son application dans la composition de l'ameublement, dans le choix des équipages. Se bien connaître, c'est avoir la clé

de l'élégance en toute chose.
Qu'un homme emploie des sommes
énormes à réunir chez lui les
meubles les plus rares, les plus
chers, les mieux travaillés, qu'il
dépense à cela beaucoup de prétentions et de coquetterie, ne pen-
sez pas que cet homme, par ce
seul effort, atteindra l'élégance,
s'il n'a d'ailleurs en lui les manières, le langage, le ton, l'esprit, l'origine, les habitudes qui
s'assimilent à cet ameublement.
Rien n'empêchera qu'il n'ait abs-
tractivement un appartement élégant; mais du moment qu'il en

fera les honneurs, l'élégance s'é-
vanouira.

La société actuelle fourmille de
ces exemples d'inélégance qui ne
sont produits que par des incom-
patibilités et d'imperceptibles an-
tithèses. En voici une raison entre
mille.

« Le caractère distinctif de nô-
tre époque, dit un spirituel écri-
vain, est l'étrange combat que
deux passions rivales, rivales en
apparence, mais associées en réalité, opposées de langage, mais
fraternelles d'origine, se livrent
dans les esprits à l'insu même de

ceux qu'elles entraînent. La première et la plus impérieuse est
ce besoin d'égalité qui dévore tous
les orgueils et dont la suscepti-
bilité ridicule commence à dégé-
nérer en monomanie; la seconde et
la plus dangereuse, parce qu'elle
explique l'autre misérablement,
est ce besoin de luxe qui boule-
verse toutes les classes, luxe
risible d'un anachronisme mons-
trueux, qui ne s'accorde avec rien
dans notre siècle et qui semble
n'avoir d'autre but que de faire
ressortir la mesquinerie de nos
fortunes, la bourgeoisie de nos

mœurs, la grossièreté de nos manières et l'inconséquence de nos
institutions. Voulez-vous savoir
ce qu'ils font, nos jeunes et farouches républicains, aussitôt
qu'ils ont gagné quelque argent ?

» Ils se font meubler un appartement à la Louis XV.

» Est-il rien de plus niaisement
inconséquent que la lutte de ces
deux passions? que Caton *rococo*
frisant ses cheveux devant un
miroir de *Venise?* N'est-il pas
charmant de pouvoir rajeunir la
belle phrase antique en criant à
un vengeur en retard : Tu dors,

Brutus, dans des rideaux de lampas, et Rome est dans les fers ! Brutus quittant la chaise curule pour le canapé séducteur aux ornemens *chantournés* et *tarabiscotés.*

» Tout le siècle est là. »

# CHAPITRE VII.

## APHORISMES ET THÉORÈMES.

---

## CONCLUSION.

---

Quand les soins de la toilette
et de l'élégance du costume ne
devraient servir qu'à nous faire

paraître moins vieux, ils auraient
des droits à ne pas être négligés.

———

Un homme âgé qui ne prend
pas soin de sa mise, et l'homme
âgé dont l'art combat les atteintes
de la vieillesse, offrent entre eux
cette différence : celui-ci est un
vieillard, celui-là est un vieux.

———

Certaines femmes s'imaginent
qu'elles se rajeunissent beaucoup
en adoptant la manière de s'ha-

biller des jeunes personnes. Elles arrivent directement au résultat contraire. Une de ces femmes demandait, un jour qu'elle s'était parée de gaze et de fleurs, comme une nouvelle mariée, si elle gagnait à se mettre ainsi; on lui répondit, avec le plus de politesse possible, qu'elle gagnait à n'être pas vue.

—

De même que l'élégance chez les individus se résume dans leur trait le plus caractéristique, le sentiment de l'élégance chez un peuple. tient toujours des particularités morales qui le distinguent.

Le peuple anglais, par exemple, est grand, fastueux, magnifique, abondant, ostentateur; mais généralement il manque de goût, par la raison que le goût n'est autre chose qu'une certaine sobriété intellectuelle que n'a pas cette nation. Voyez, en effet, comme toutes ces inclinations prédominantes se manifestent dans le costume anglais. Les dames anglaises se couvrent d'une belle robe; mais cela est loin de suffire;

sur la robe il y aura de la dentelle,
la dentelle sera accompagnée de
quelque autre joli détail de toilette, plus d'un autre encore, que
sais-je, pour couronner l'ensemble viendront les bijoux, cela ne
finit pas, et elles arrivent ainsi à
être des tableaux d'enseigne. Chaque partie de cette toilette est
peut-être charmante, il faut l'ad-
mettre, mais l'ensemble est d'un
effet lourd. Il y a toujours abondance de superflu. On retrouve le
même génie partout. Ainsi, une
œuvre littéraire anglaise peut être
admirable de poésie, de couleur,

d'observation, mais la phrase sera
longue, trop imagée. Un dîner
anglais offre le même caractère,
tout s'y trouve avec profusion, la
profusion tient lieu du choix.

Le Français, peuple sobre, d'une
imagination toujours lestée de logique, positif, mathématique,
rapide, vif, plutôt pauvre que
riche d'idées et de mots, le Français se distingue par une élégance
dont la pureté des lignes, la chas-
teté, la correction, sont le mérite
principal. Une dame française a
toujours l'air d'être parfaitement
épinglée. Son élégance est plutôt

dessinée que peinte. La couleur manque.

L'élégance espagnole pactise au contraire avec les couleurs. Elle semble refléter cette nature chaude et colorée de la nation, de même qu'elle en exprime la religiosité par l'adoption du noir, symbole d'austérité morale.

L'élégance allemande offre un caractère de bonhomie mêlée de richesse et d'aberrations. Elle fait comme le peuple germanique des efforts inouïs pour paraître naïve. Elle est carrée.

En Italie, l'élégance native est

clinquante ; voyez Naples et Syra-
cuse.

En Orient, c'est par l'or, la soie,
les gemmes et d'opulentes drape-
ries qu'elle se manifeste.

Il est évident que dans ces clas-
sifications de l'élégance, nous ne
considérons que l'instinct des populations indigènes. Le naturel, le
goût, le génie chez l'homme, se
modifient par l'étude et les in-
fluences étrangères. Dans chaque
centre de civilisation on peut donc
trouver d'heureuses dérogations,
en fait d'élégance, aux inspirations
spontanées et indigènes. Rien

n'empêche qu'un Anglais, qu'un Allemand, qu'un Français ne se fasse quelque peu de la nation dont il n'est pas.

—

Le turban est une coiffure d'autant plus fausse, d'autant plus ridicule, d'autant plus impossible chez les femmes, que les Turques elles-mêmes n'en portent pas.

—

On peut meubler (avec plus ou moins de goût cependant) un pa-

lais en vingt-quatre heures. En
répandant l'or à pleines mains, on
le couvre de tapis, de tentures, de
tableaux, aussi promptement qu'on
le désire ; mais ce que tout l'or du
monde et les plus habiles ouvriers
réunis ne sauraient procurer, c'est
un cabinet de travail, l'angle choi-
si où le maître se retire pour être
lui, après avoir été l'homme du
monde, l'endroit où il n'est plus
lord un tel, ou monseigneur un
tel, mais tout simplement , Louis
ou James. Mais avec quoi donc
meubler demandera-t-on ? avec des
porcelaines du Japon ou de Saxe,

des magots chinois ou des figu-
rines du Mexique? Préférez-vous
les armes ciselées aux crics ma-
lais? les vieilles orfévreries d'An-
cône aux ciselures de Benvenuto
Cellini? Qu'est-ce qui fait mieux
autour des murs : des peaux de
tigres, ou d'anciennes tapisseries
d'Aubusson? Questions qui reste-
ront sans réponses parce qu'il n'en
est pas de possibles.

Un cabinet se fait tout seul, on
ne le fait pas.

C'est le recueil, d'abord tout
blanc, où chaque jour, pendant la
vie, le maître écrit un souvenir de

ses emplettes, de ses amitiés, de
ses plus intimes liaisons, de ses
soudains désirs, de son âge heu-
reux ou triste, de ses joies ou de
ses regrets. A la première vue, lui-
même croit n'avoir que des plumes
d'aigles, des malaquites, des ba-
huts moyen-âge; mais qu'il par-
coure lentement son mobilier, et
il lira en caractères distincts toute
sa vie, tout son passé.

———

Ce qui précède est si vrai, et
souffre si peu d'exceptions, qu'un
jour un homme de goût disait en

sortant du cabinet d'un jeune fashionable dont il n'avait jamais en-
tendu parler : « Ce jeune homme
a hérité depuis trois ans ; il n'a
aimé que des lingères, et il lui
serait impossible d'écrire dix lignes
sans faire autant de fautes d'orto-
graphe. » Il ne se trompait pas.
Ce jeune homme avait suspendu
au plafond de son cabinet, une
multitude d'œufs d'autruche, mon-
tés sur or et pierres fines.

Une pensée égalitaire a créé tout
notre costume moderne. Cette

pensée s'était révélée dans le pan-
talon qui masque les formes gra-
cieuses et fortes au profit des
formes grêles et étiolées ; dans la
botte qui épargne à la médiocrité
le luxe dispendieux de bas de soie ;
dans la couleur sombre et brune
des redingotes et des habits qui
laisse le torse dans une ombre
propice à l'insignifiance de la tournure ; dans le linge dont la simplicité puritaine, ennemie des dentelles et des points de Venise dont
se pomponnait l'ancien régime,
convient à toutes les classes sans
exception.

Cette pensée s'était installée chez le tailleur, le coiffeur, le chapelier, le bottier, que sais-je encore? même chez le gantier. La petite propriété se gante à petit prix, et je n'affirmerais pas que nos courtisans du jour ne se gantent pas dans les bazars à vingt-neuf sous de la rue Rivoli.

Tout cela était beaucoup au point de vue du nivellement de la toilette, symbole de l'état social, et cependant cela n'était rien encore. Tous les hommes étaient à peu près égalisés, mais la pensée d'assimilation générale n'était pas assez réalisée, car ils n'étaient pas fondus en un seul. Ce phénomène de fusion était à trouver, on le tient.

Les tailleurs reçurent le mot d'ordre : commodité, aise, comfort, vulgarité, effacement ; et le paletot fut créé. Ils nous jetèrent le paletot, ce perfectionnement de l'annihilation du costume, le plus ultra du vêtement égalitaire, véritable uniforme de phalanstère.

Or, maintenant, cherchez une forme dans cette barrique de drap ; devinez, si vous le pouvez, le gentleman sous cette rude et ronde écorce. Toutes vos études et vos observations seront en pure perte. Est-ce un Indou , un Chinois, un Tartare, un Esquimau qui se meut, qui marche , qui roule devant vous? On ne sait.

—

Il y a quatre parties dans l'économie de la toilette d'un homme élégant. Le linge , la cravate , la chaussure et les gants. La cravate et les gants ont agrandi leur importance dans ces temps modernes. Le gant surtout.

Un événement tragique, sur lequel les historiens sont d'accord, avait mis le gant en discrédit pendant de longues années à la cour de France. L'infortunée Jeanne d'Albret, mère de Henri IV, fut empoisonnée par une paire de gants préparée avec des parfums. Depuis 1789, ils sont devenus de plus en plus à la mode. Aujourd'hui ils jouent un grand rôle, rôle symbolique, car il résume et exprime une foule de dispositions morales.

Que de sens divers, en effet, se trouvent renfermés depuis l'humble peau de lapin, depuis le gant de coton, le gant d'agneau jusqu'au cannepin blanc brodé de soie, en passant par le gant de peau de renne, le gant de chamois, le gant de castor, le chevreau aux mille teintes, et enfin le cannepin simple! Que de significations dans les nuances variées du chevreau! C'est à l'infini. Un dandy vous dit, sans parler, qu'il monte à cheval ou qu'il va conduire son tandem; qu'il est en cours de visite; qu'il doit assister à un mariage; qu'il se rend chez un ambassadeur, chez une lingère, au théâtre. Vous voyez ses gants et vous concluez.

A la mort du roi Charles X, quelques députés flottans et non élégans ont cherché à faire des emplois politiques du gant. Ils se sont montrés au foyer de l'Opéra et du théâtre Italien, portant d'une main un gant jaune et de l'autre un gant noir. La main noire ouvrait les salons aristocratiques du faubourg Saint-Germain, la main jaune était celle qui puisait dans le budget. Rencontraient-ils un légitimiste? vite ils retiraient de leur poche la main qui était en deuil et la leur présentaient; mais se trouvaient-ils en face de quelque personnage du château? c'était la main jaune qui se montrait à son tour.

M. E....., le pair de France par la grâce de Joconde, ne porte jamais qu'un gant, c'est un reste de l'élégance dégingandée du Directoire, où tout se portait fluent et comme prêt à échapper : le gant au bout du doigt, le mouchoir voletant hors de la poche, le bambou en l'air et le chapeau sur le toupet.

—

Avant la révolution française, et peut-être cela se pratique encore,

Paris envoyait, une fois par mois, à Saint-Pétersbourg, une poupée, qui portait sur elle les habille-mens, la coiffure et là chaussure consacrés par la dernière mode courante. Quand la révolution éclata ; les élégantes de la haute société russe mirent tout en jeu pour que la poupée fût regardée comme puissance neutre, et allât sans entrave du Palais-Royal aux rives de la Néva. Les farouches républicains des frontières ne per-mirent pas ce trajet ; mais qu'ar-riva-t-il ? Les beaux de la cour de Louis XVI se dévouèrent, et l'on

en vit qui se chargèrent de porter
jusqu'à Saint-Pétersbourg la poupée proscrite. Deux furent pris et
fusillés. Ce sont les martyrs de la
mode. Reste à parler d'une victime
de l'élégance.

—

Miss Gordon, demoiselle d'honneur de la reine Charlotte avant
son mariage, assistait à la noce de
cette malheureuse princesse lorsqu'elle épousa le roi George. Cette
jeune personne, miss Gordon, était
fort belle, habituée à se mettre
avec goût, mais elle avait la dan-

9

gereuse manie de se chausser si
étroitement, qu'en vérité on ne
sait comment elle obtenait l'équi-
libre en marchant. Au mariage de
la princesse, elle dut briller au
premier rang parmi les demoi-
selles d'honneur. La cérémonie
était longue, fatigante, comme le
sont ces sortes de fêtes. Épuisée
de lassitude, miss Gordon ne s'ef-
força pas moins de résister au
bruit, à la chaleur et à toutes
les douleurs d'un encombrement
meurtrier ; mais une douleur sans
doute plus grande la fit, vers la fin
de la cérémonie, chanceler et pâ-

lir. Peu après elle s'incline, pousse
un soupir et tombe. On se hâte de
la transporter dans une autre
pièce. L'évanouissement persiste.
On la dépouille de ses robes, on
la délace, et la vie ne revient pas.
Enfin, on s'avise de la déchausser,
on arrache avec peine la soie qui
lui étrangle les pieds. Miss Gordon
pousse alors un soupir et meurt
en disant : — C'est l'émotion d'a-
voir vu la reine. M. Astley, le
médecin du roi, déclara qu'elle
était morte, non pas du plaisir
excessif d'avoir vu la reine qu'elle
voyait deux fois par jour depuis

trois ans, mais d'une congestion cérébrale produite par le reflux au cerveau du sang comprimé par les souliers. Le mot de miss Gordon est sublime. Il efface celui d'Arria : *non dolet.*

Brummel, l'homme qui donna les modes pendant si long-temps à la société aristocratique de l'Angleterre, Brummel n'était pas cependant un homme élégant dans la véritable logique du mot. Il se mettait bien : il attachait sa cravate avec un art infini, il l'empesait même de l'amidon qu'il avait inventé, il réussissait admirablement dans la création de ses coupes d'habit; mais il avait beaucoup de prétentions, et l'élégance n'en laisse jamais soupçonner; son esprit n'était pas à la hauteur de l'excentricité piquante de son costume ; il jouait l'homme titré , l'homme opulent , et le mensonge était diaphane : or , il ne faut pas confondre la famille des gens bien habillés avec celle des élégans. Nous remarquerons, à ce sujet, que le mot élégant est presque toujours improprement employé.

Un homme dont la mise est recher-
chée n'est pas pour cela un élégant, c'est un dandy, un muguet,
un petit-maître , un beau, un in-
croyable, un fashionable, un merveilleux, un fat, un faro, un bozor,
un piaffeur, suivant et les époques
et les régimes.

Il ne faut pas confondre non
plus l'élégant avec le lion : ce que
dit madame de Girardin à ce sujet
est fort spirituel : Un lion moral
est une bête curieuse ; on n'entend
pas un animal indiscret qui veut
tout voir, mais un animal extra-
ordinaire que tout le monde veut

voir. Ainsi, le lion du Jardin-des-Plantes, dont personne ne se soucie, n'est pas un lion. Malgré ses prétentions légitimes à cette dénomination, malgré sa longue crinière, malgré ses ongles, malgré ses dents, ce roi des déserts n'est pas un lion. Il en est de même dans nos salons. Le lion d'un raout n'est pas le merveilleux dont la tournure est la plus extravagante, dont les poses sont les plus étudiées, dont les manières sont les plus prétentieuses; c'est quelquefois un homme très simple, qui n'a pas le moindre ridicule à

faire valoir, mais que tout le
monde veut connaître, parce qu'u-
ne grande célébrité le recommande
à l'attention générale, parce qu'il
a fait un voyage des plus péril-
leux, parce qu'il a enlevé plusieurs
mères de famille en Angleterre,
parce qu'il a prononcé la veille un
éloquent discours, parce qu'il vient
de faire un magnifique héritage,
parce qu'il a couru sur un cheval
pur sang, avec une casaque de
jockey, parce qu'il descend de bal-
lon à l'instant même, et rapporte
des nouvelles toutes fraîches de
l'empyrée, parce qu'il est légère-

ment soupçonné d'avoir empoi-
sonné sa femme, ou quelquefois
bien moins que cela; quelquefois
c'est tout bonnement parce qu'il
vient de publier un livre plein de
génie, qui a obtenu un immense
succès; mais on n'est lion qu'un
moment dans sa vie, la charge de
lion n'est pas une place inamo-
vible. Être le lion de la soirée,
c'est être l'*atout* de la partie; et,
vous le savez, la royauté de l'atout
cesse quand le coup est joué. Ne
dites donc plus inconsidérément:
« Nos lions ont adopté telles modes; toutes nos lionnes assistaient

à cette représentation. » C'est comme si vous disiez : « Trèfle, carreau et pique sont atouts. »

—

Les bourgeoises ont toutes le travers de consulter leurs fournisseurs sur le choix des étoffes, ou leurs couturières sur la coupe de leurs robes. Rien n'est plus maladroit. Qui ne sait pas choisir et diriger ne sera jamais habillé, paré avec goût. M. de Talleyrand donna à ce sujet une leçon fort spirituelle à plusieurs dames occupées à faire un choix entre deux parures de bal. Il entrait lorsque, de guerre lasse, elles venaient de prendre pour arbitre le *commis* même qui leur avait apporté les bijoux. — Monseigneur, s'écrièrent-elles en l'apercevant, de ces deux parures, laquelle préférez-vous ? L'illustre diplomate, après avoir gravement réfléchi, répondit à ces dames. — Dites-moi d'abord quelle est celle qu'a choisie monsieur ? On lui en désigne une. — Alors c'est l'autre qui est infailliblement la plus jolie et qu'il faut prendre, ajouta M. de Talleyrand.

Quelques hommes sérieux qui s'habillent fort mal, ont le tort de dédaigner les vêtemens élégans. De tout temps les peuples qui ont été les moins élégamment habillés ont été les plus arriérés en civilisation ; le contraire a lieu chez tous ceux qui, comme les Grecs, se sont avancés dans le perfectionnement de l'esprit humain.

Alcibiade était parfait.

Pourquoi ce qui est vrai pour plusieurs ne le serait-il pas pour un seul ? L'homme mal habillé est un Scythe, un Tartare. Il y a présomption de mœurs délicates et de civilisation raffinée en faveur de celui qui sait bien se mettre.

—

Un jeune homme d'immense patrimoine, que Paris et Londres connaissent, mais qui n'avait guère pour lui que sa richesse, sachant qu'un de nos gentilhommes des plus élégans devait, le soir, se rencontrer avec lui dans la même assemblée, lui dit que, s'il le désirait, il mettrait sa voiture à sa disposition. Le comte accepta

l'offre de grand cœur.—Et vous,
lui demanda-t-il, comment donc
irez-vous ! — Mais , répondit le
jeune homme , avec une légère
surprise, je vous accompagnerai.
— Pardon , lui dit le gentilhomme, car , dans ce cas, je
serais forcé de vous refuser.

Ils ne pouvaient aller ensemble.

Tous ceux qui ignorent les vé-
ritables instincts de l'élégance ont
blâmé cette réponse. Ils auraient
été plus indulgens s'ils avaient su
combien il importe de bien choisir celui avec lequel on s'attèle,
soit dans une causerie de salon,

soit dans une promenade en public. Il y a des effets qui dispa-
raissent entièrement dans un en-
tourage discordant. En règle générale, il est bien difficile qu'on
puisse sortir du même équipage,
en se maintenant dans les conditions rigoureuses de l'élégance.

Le gentilhomme aurait incon-
testablement préféré que ce jeune
homme lui eût proposé de faire
monter son domestique auprès de
lui; car alors il aurait pu lui
dire : « Monsieur, si vous mon-
tiez avec moi, ce serait contre les
susceptibilités de l'élégance, tan-

dis que si votre domestique mon-
tait, cela pourrait être une originalité. »

————

Il est impossible de donner
quelque attention à l'élégance et
de négliger la science ou la théorie des couleurs.

De même que les peintres ne
laissent jamais deux lumières re-
marquables briller également dans
un même dessin, de même, dans
le costume, une moitié du corps
ne devrait jamais être distinguée
de l'autre par une couleur diffé-

rente ou tranchante ; tout ce qui divise l'attention et l'empêche de suivre l'ensemble d'un objet nuit à l'effet.

Les couleurs secondaires doivent avoir un certain rapport avec la couleur dominante. Les teintes dominantes sont mieux adoucies par les dégradations. Ce qu'il faut généralement éviter, c'est l'opposition heurtée.

A cet égard, quelques observations sont indispensables.

Les couleurs primitives, le jaune, le rouge et le bleu occupent les trois angles d'un triangle équi-

latéral. L'orangé, le pourpre et le
vert sont composés de leurs inter-
sections. L'orangé est le composé
opposé au bleu, le vert au rouge,
le pourpre au jaune.

Chacune des trois couleurs primitives, de même que les trois
composées se marient avec le
blanc.

Quand il s'agit d'un vêtement
harmonieux, il faut employer les
teintes dans l'ordre successif du
triangle. S'il s'agit d'un costume
brillant et qui éclate, il faut re-
courir aux contrastes.

Il y a bien quelques années,
deux dames, rivales acharnées
dans toutes les occasions de la vie
et pour tous les motifs, terminè-
rent leur guerre par un double trait
de vengeance dont je me servirai ici
afin de prouver la différence à établir entre l'élégance du jour et l'é-
légance de la nuit. La moins âgée
de ces deux dames imagina de
donner une matinée, sorte de fête
que je n'ai jamais approuvée, parce
qu'elle est d'une épreuve rarement
heureuse pour les beautés qui ont

la témérité de s'y rendre. Le plein jour a des indiscrétions infinies. C'est un traître, un moqueur, il ne fait grâce à rien ; ni au teint, ni à la tenue, ni à la couleur des cheveux. Il exagère le mal et ne fait pas valoir le bien. Je le considère comme un suicide pour la plupart des femmes qui s'y exposent.

Or, il n'était pas possible à la rivale plus âgée, sous peine de s'avouer vaincue, de refuser l'invitation par une apologie, comme on dit en Angleterre. Contre cette *mauvaise* fortune elle fit bon

cœur, si elle ne put faire beau visage. Elle alla à la matinée. Le
résultat de cet acte héroïque ne
pouvait être douteux pour elle :
elle parut fatiguée, flétrie, et on
s'étonna de l'avoir trouvée si bien
jusque-là. La jeune rivale triom-
pha.

Quoiqu'elle eût le désespoir
dans l'âme, sa victime ne voulut
pas se retirer de la lutte sans avoir
essayé de prendre sa revanche.
Étouffant son dépit, elle annonça
une grande soirée, que sa brillante antagoniste fut priée d'em-
bellir des grâces de sa présence.

On vint en foule, car la réunion
était toujours brillante et choisie
dans l'hôtel qui ouvrait ce soir-là
ses portes.

Les salons étaient pleins lorsque la jeune ennemie se fit an-
noncer. A l'instant même, toutes
les bougies s'éteignent, sauf deux
ou trois qui éclairent assez pour
se conduire d'une pièce à l'autre,
mais trop peu pour admirer les
visages et les toilettes. On s'in-
terroge, on se regarde ; mais, au
calme de la maîtresse de la maison, on s'aperçoit que cette ob-
scurité n'est point le fait du ha-

sard. Les danses cessent et les conversations commencent. Jamais la dame du logis ne s'était montrée si spirituelle; elle ravit, elle enchanta. Sa parole, son esprit, tantôt bienveillans, tantôt satiriques, pétillaient comme du feu; elle écrasa sa rivale muette et confondue par cette supériorité magique. Quand elle crut sa victoire assez complète, elle lui dit : —Madame, vous avez voulu montrer mon visage au jour, j'ai voulu montrer à mon tour ce qu'était votre esprit quand les bougies sont éteintes.

—

On peut appliquer aux parfums
ce que nous avons dit à propos de
la toilette, dont ils constituent un
détail important. Il faut se défier
des gens qui se révoltent d'une
manière absolue contre l'usage des
parfums : ils sont maladifs, ou le
sens de l'élégance n'est pas com-
plet chez eux. Le contraire d'une
mauvaise odeur c'est une bonne
odeur. Qui n'a pas de sympathie
pour des odeurs agréables, n'a
peut-être pas trop d'antipathie
pour des odeurs désagréables.

L'absence des odeurs est une négation, cette négation peut quelquefois être élégante ; cela dépend
du caractère et des façons de la
personne. Un enfant, un savant
modeste, un esprit austère et grave, un vieillard, peuvent se passer de parfum ; mais une femme
jeune, mais une imagination
riante, aimable, sont autant
d'élémens avec lesquels les parfums ont une grande affinité
d'élégance.

Parmi les parfums, les espèces
sont variées à l'infini, il en est
de doux, d'aromatiques, d'ambrés.

Il faut apporter dans le choix qu'on en fait le même discernement qu'exige le choix des autres détails de la toilette.

Un veneur, un homme de cheval, un capitaine de cuirassiers qui se sert d'extrait de jasmin, ou de mousseline, ou à la duchesse, est un provincial sans tact. Il commet une faute dans la langue de l'élégance. Un laquais, un cuisinier, un homme de service qui se met des parfums, affecte les sens de la même manière qu'il affecte l'esprit quand il fait un barbarisme.

Il est des détails de toilette qui ont eu le privilége de demeurer éternellement élégans : ce sont ceux dont les classes infimes peuvent s'emparer le moins facilement.

Dans la hiérarchie sociale, il est des natures de travaux pour lesquels les vêtemens ras, étroits, étriqués, sont d'un usage impératif. Les classes secondaires seront éternellement condamnées à assimiler la forme de leurs habits à leurs occupations coutumières ; non seulement ce qui est riche et rare n'est pas à leur portée, mais il est des formes, des coupes, qui leur sont à jamais interdites.

Si tous ceux qui sont appelés par le prestige de leur origine, par les ressources de leur fortune, à se distinguer des autres, adoptaient dans leur costume ces formes particulières avec lesquelles pactisent les habitudes de leur existence de luxe et de loisir, l'infériorité des rangs serait aussitôt trahie. Nul doute alors que de la philosophie du costume, de la théorie de l'élégance, on pourrait faire sortir sinon une révolution sociale, ce qui serait trop dire, du moins tout un nouvel ordre de distinction et d'aristocratie.

FIN.

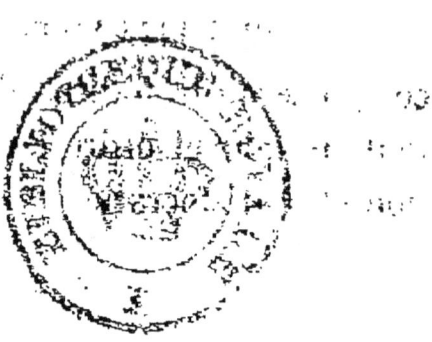

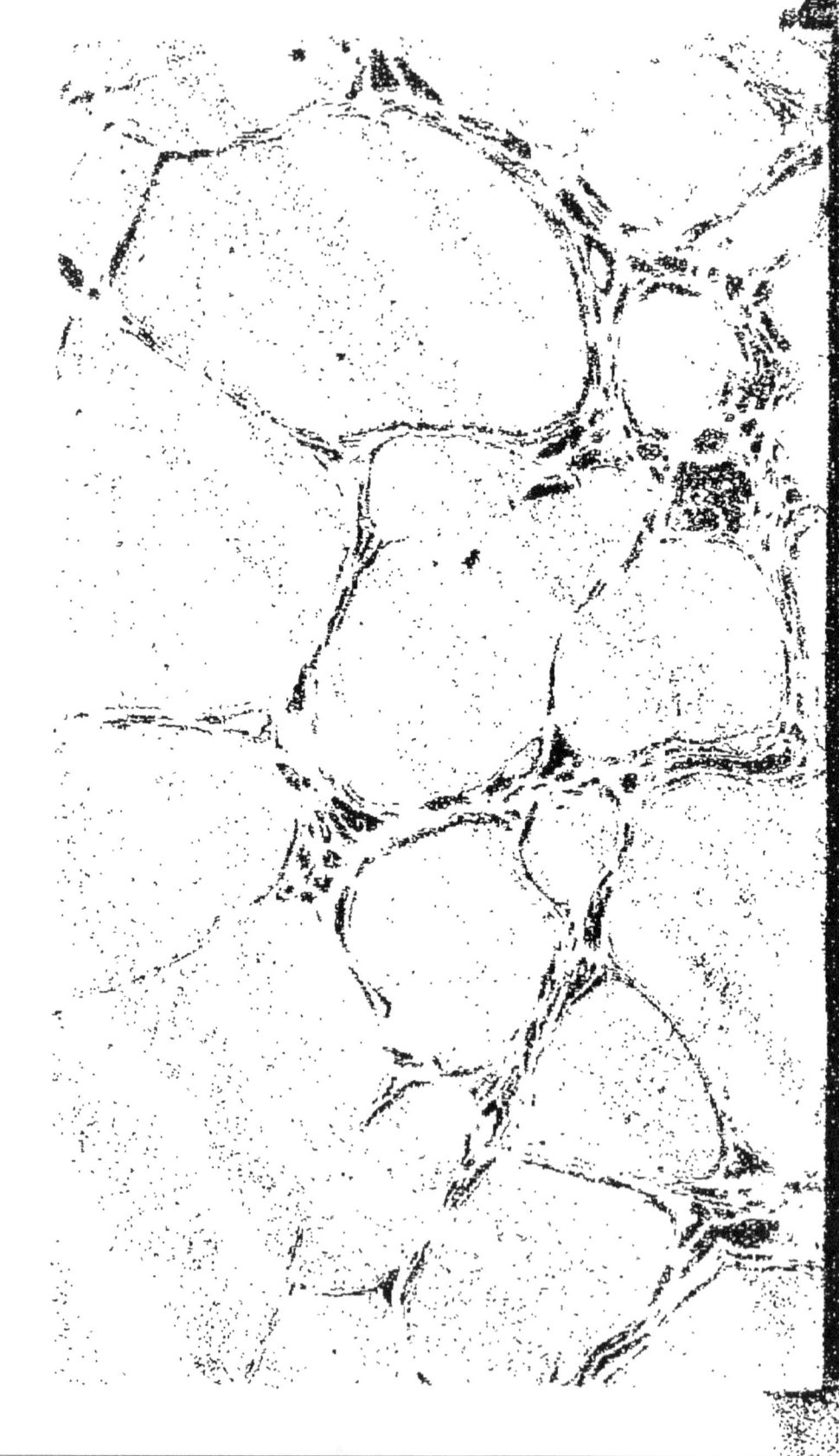

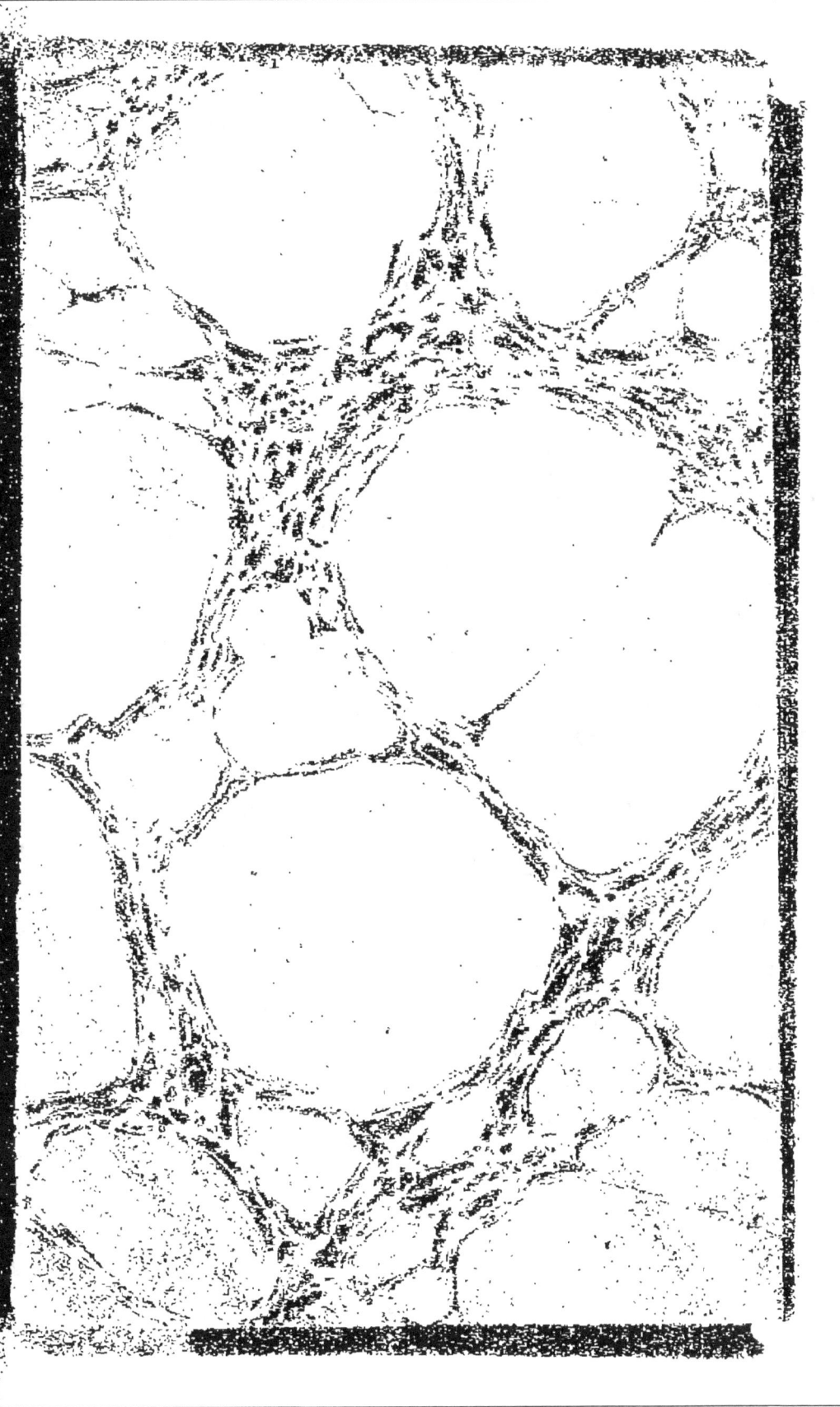

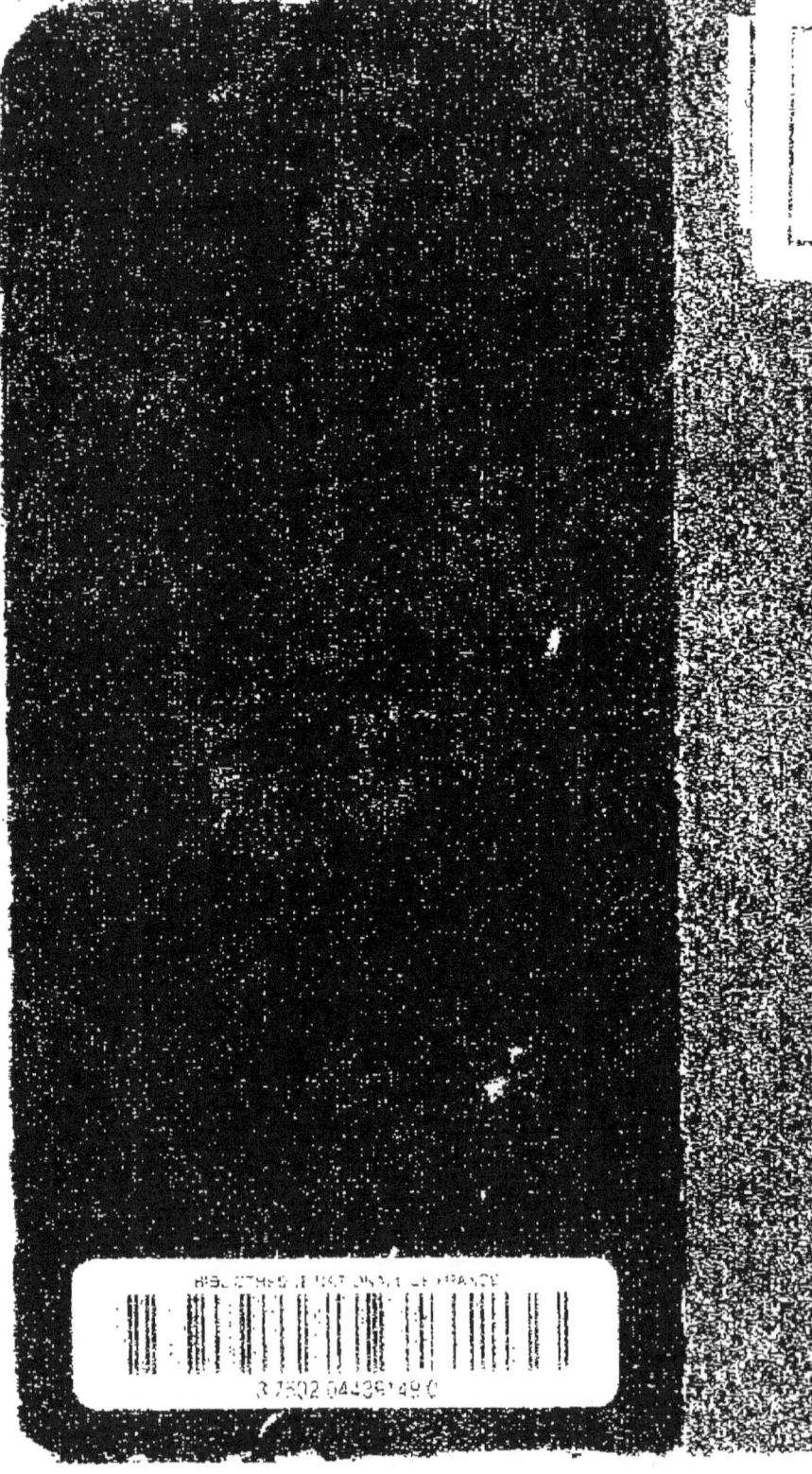